KB155372

사계

사계

■

변홍철 시집

한티재

차 례

제2부

제3부

제4부

제1부

영주행

청리 상주 함창 지나, 벼 밑동만 남은 논바닥

지난 망종 모내기 노래, 살얼음에 묶여 있는
그 노래 흉내라도 내듯 까마귀떼 원무를 추는 창밖

고라니 몇 쌍, 열차 소리에 놀라
햇빛의 파편으로 이따금 튀어 오른다

깨진 얼음조각 낮달이 서편 하늘에 오래도록 떠서
함께 간다, 죽은 벗들의 넋처럼

그중 하나는 오백만 원 빚을 끝내 갚지 않고 갔다
돌려 달라는 얘기도 차마 근 10년 하지 못했는데

점촌 용궁 예천 지나, 영주 가는 무궁화호
이 겨울 거기 무엇이 있는 줄 몰라도
가 보는 것이고, 얄팍하고 시린 그 무엇도
기어이 따라오는 것이고

\>

세밑의 무섬마을, 내성천 위로 바람은 제법 불어

오래 전 장난처럼 건너기 시작했던 긴 외나무다리 위
에서

나아가지도 돌아서지도 못한 채

자주 서편 하늘만 올려다보는

무언곡

쓰린 눈동자로 지켜보네

눈물도 없이 해는 저물어

오래 가문 그대 창에 불이 켜지기를

눈 소식 없는 섣달

상현달 모서리에 벤 손가락으로

말라 붙은 현絃을 뜯네

부디 모든 아픔은 나에게로

부디 모든 아픔은 나에게로

먼지만 쌓인 겨울강의 딱지를 뜯어내듯

메마른 입술, 굳어버린 혀를 깨물어

다가갈 수 없는 그대 창에 불이 켜지기를

순천만

저녁놀 물든 겨울 갈대밭
먼 목마름에 젖어 있었다오

와온臥溫의 갯벌이 어둠에 묻혀 가듯
청둥오리 흑두루미떼 울음
끝내 밀물에 잠기고

이리저리 헤매어도
나는 휘파람 한 소절 불지 못했다오

차오르는 무언가를 물고 있던
빈 조개껍데기, 눈시울 붉은 동백꽃잎

무엇을 보았느냐고
행여 그대가 묻는다면

새들의 발자국 같은 긴 문장이
허공 가득히 뒤척이더라고

>

저물어도 온통 울먹인다고

겨울 나무

섣달 그믐
가지 끝을 천천히 흔들고 있다

손가락 사이를 빠져나가는 차디찬 개울물에서
사금을 건져 올리듯이

흐르는 세월 속에서 거미줄이
벌레의 씨앗들을 붙잡으려는 듯이

누에고치 같은 구름의 그림자를 풀어
일출의 깃발을 직조하려는 듯이

끊어진 연줄,
우듬지를 올려다보며 울던 나는
이제 더 이상 애달프지도 서럽지도 않다는 듯이

허공을 휘젓는 바람 속으로 낚싯대를 드리우고
불의 언어, 아직 울리지 않은 닭울음 소리를 낚아 올려

\>

새봄, 부활의 노래를 깃대에 다시 매달려는 듯이

입춘立春

햇볕의 한 뼘 조차지대租借地帶
낡은 마룻바닥

잿빛 천장 귀퉁이에서
거미줄을 걷어내고
말갛게 유리창도 닦아 보자

봄은
기다리는 것도, 맞는 것도 아니고
세우는 것

내 마음 귀퉁이에
오래 그늘진 석조건물
기침소리만 메아리치는 망명정부

누구도 여기에 절하지 않으리
나 또한 그대에게 그러하리니

뿌리가 희미해진 연초록 깃발

그리워도 말고, 바라지도 말고
다만 홀로 서는 봄

이불 빨래를 널며

오선지 위에 음표가 걸리듯, 겨우내 허공의 이야기들 닿은 바람의 지문, 입술 자국 남아 있으리

그 위에 포개나니, 우리의 근심 뒤척이던 밤과 뜨거운 사랑의 속삭임, 고양이 두 마리 긴 꿈도

이렇게 함께 낡아 가고 느슨해지는 퇴색하는 지구의 시간 위에 다시 남은 봄볕이

시간이 많지 않다

웅달진 계곡, 사금처럼 빛나는 기쁨 많지 않더라도, 묵묵히 지난 겨울 허공을 가로지른 저 빨랫줄처럼, 나 이제 비타협적으로 사랑하리

회춘回春

봄 나뭇가지에서 새순이 막 혀를 내밀려는 이 순간은 나무의 것도 허공의 것도 아니지, 오직 이것은 새로운 말을 터뜨리려는 혀의 것

내가 멀리 그대를 향해 그리움의 손끝을 조심스레 내미는 이 순간은 내 것도 당신의 것도 아니지, 이것은 오직 새로운 사랑의 것, 낡은 나와 당신 사이를 가득 채운 울렁이는 물의 것

이 끝없는 푸른 자전自轉, 기우뚱한 수평선의 것

봄눈 1

뒤늦게 도착한 부고訃告처럼

춘분春分에 내리는 눈

떠난 이의 침대 위에 웅크리고 누운

설운 어깨 위로 쌓이고 쌓이는 졸음

봄눈 2

쑥버무리
백설기
곱게 간 빙수가 먹고 싶다고

지난 겨울
푸른 배추 잎사귀 위에 나리던
소금처럼 녹아들던

머언 기다림 하얗게
분粉으로 핀 곶감, 메주 걸린 토방土房 가

까만 숯 띄운 간장독 위에
두고두고
쌓이는

그대 한숨
엿듣다 들킨
눈부신 고요

통영

동백 몇 번 진다고 바다가 붉어지랴

중앙시장 부근 복국집에서
도다리쑥국을 먹으며

지난밤 봄눈 녹은
섬들의 안쓰러운 목덜미와
자주 트는 입술들이 아슴프레
쑥 향기로 떠올라 눈을 감는다

바다와 동백만큼
도다리와 봄 언덕만큼의 거리가
수평선을 빛나게 하는 것이라고

늘 사막을 그리워했던
당신의 옛 이야기가 묻은 소주잔에
조심스레 또 한 잔을 따른다

벚꽃 아래에서

내 고백이 어떤 사태를 낳으랴

분분한 오해를 두려워하지 않는

분분한 기소를 두려워하지 않는

분분한 혼돈을 두려워하지 않는

그대가 나를 외면하듯 해 저물고

꽃잎이 꽃잎과 섞여 길을 잃어도

분분한 추락과 탄식을 두려워하지 않는

작업의 기술

언젠가부터 알게 된 것. 나는 '작업'에 매우 능한 사람이다.

가령, 새벽 세 시 넘어 만취해 들어왔다고 잔소리를 시작하려는 어머니에게 기술을 걸어, 골목 끝 민속식당에 같이 가서 해물칼국수를 먹고는 계산은 어머니가 하시도록 만든다든가,

심지어 해장술로 막걸리까지 한 병 시켜, 요즘 몸 안 좋다고 술은 입에도 대지 않는 어머니가 한 잔 맛있게 드시도록 만들고, 나머지는 내가 다 먹을 수 있는 고급기술도 있다.

민속식당 아주머니가 영업의 필살기로 아끼는 묵은 김장김치를 한 보따리 공짜로 얻는다든가,

텔레비전 뉴스를 보며, 감옥에 갇힌 전직 대통령을 동정하는 동네 아저씨들과 얼굴 찌푸리지 않고 유쾌하게 복숭

아꽃, 자두꽃, 맑은 강의 다슬기 이야기를 나눈다든가……

그런데
왜 이런 깃털 같은 작업의 기술이
당신에게는 먹히지 않는가.

벚꽃잎 하나 하나,
사금파리처럼 빛나며
혈관으로 스며드는 봄 여울.

곡우 穀雨

산비둘기 울음 떨어지는 자리마다, 곡우

청보리 이삭 흔들리는 길로 가더라도, 곡우

꼭 다시 오마 하던 약속 같은 것은 너무 옛일이라, 곡우

빈자리

울음소리 없는 마을
애기똥풀 꽃처럼

바람만 무성하게 일어나는
마른 방죽의 쇠뜨기풀처럼

이름만 남아 빈집으로 쓸쓸할까 봐

산 너머 강물이 낮은 길로만
더듬더듬 여기까지 찾아와

땅거미 물고 차오르는 논바닥
속울음 출렁이며 입을 맞추는

그대 고운 복사뼈
걸어간 논두렁, 길이 희다

혀끝에 서걱대다

수평선이 저녁 어둠에 녹아 지워지고 있다

한 사내, 젊은 농군의 죽음을 문상하러 영덕 가는 길

흥해 지나, 화진 지나, 발걸음 자꾸 늦추게 되는 내 옆구리로

웃는 것도 아니고 우는 것도 아닌 날 많았다고, 봄 바다는 멍자국처럼 번져 온다

영덕 달산 골짜기, 그가 부치던 논배미들마다 하늘이 내려와

반쯤 웃는 얼굴을 비추고 있을 춘사월

짧은 봄날, 황홀한 아카시아 향을 마지막으로 들이쉬며

그는 무슨 생각을 했을지 몰라

\>

모래 바람처럼 혀끝에 서걱대던, 그러나 끝내 뱉지 않고
삼켜 버린 마지막 말은

무엇이었을지 몰라

율동역

네 칸짜리 우리 기차는 마주 오는 기차와 비켜 가기 위해 잠시 정차했다 가겠다고 하면, 평소 스쳐 지나가던 간이역과 그 뒤의 비구름 두른 산들, 향나무 아까시들이 차창 가로 우르르 모여들어서는 저마다 광주리에 담긴 이야기, 아무도 들어주지 않던 상처 난 열매 같은 얼굴을 한번 맛이나 보라고 코앞에 들이밀고, 떠나지 못한 허한 어깨 위로 김이 피어오르는 늙은 이팝나무 몇, 뚝배기를 슬며시 내미는 아침, 아직 피지 않은 밤꽃 향기도 저만치 저희끼리 숨어 웃는

입하立夏

무성한 여름의 성城이여

너희를 무너뜨릴 힘이
슬픔의 단층을 따라 이미 움직이고 있다

꽃잎이 질 때마다, 꽃잎이 질 때마다
삼켜진 울먹임의 에너지를 감지하지 못하는
신록의 낙관이여

계절이 돌고 돌아, 또 다른 꽃이 필 때마다
새로운 바람은 불 것이다

저 못자리에서 자라나는 싱싱한 저주咀呪

그러므로 나의 직업은
영원한 파멸의 서기書記라도 좋다

여름은 또 한 번의 패배여도 좋다

제2부

유월

시청 앞 분수는 솟구친다

그림자 하나 없는 정오
은행 벽 담쟁이 잎이 물보라에 젖는다

건물 모퉁이로 급히 몸을 숨기던
그늘은 모두 발각되었고

텅 빈 노면전차가 지나가는 유월

신문을 팔던 새까만 목마름이
분수대에 급히 뛰어든다

"생각만 하다가는 아무것도 못해. 충동심 만세!"*

우체국 뒤에서 젊은 느티나무 몇
참을 수 없는 안전핀을 뽑고
잎사귀 반짝이며 광장으로 달려들 때

>

시청 앞 분수는 다시 솟구친다
초록의 폭발음이 출렁이는

* 미셸 라공의 소설 『패배자의 회고록』 중에서

골목에서

대로大路의 소음은 너무 커서 들리지 않는
오래된 골목을 노인처럼 천천히 쓸고 있으면

조금 어두워진 모퉁이에서 당신은 수줍게 걸어 나와
고개를 숙이고 담배에 불을 붙여도 좋겠다

어느덧 길어진 당신의 초록빛 머리카락이
저녁 바람에 날리는 것을, 부끄러운 줄도 모르고
나는 황홀하게 바라보리

오래 전 유월, 함성과 투석전과 피 흘리던 청춘과 광장을
거기 담장 아래 나무의자에 앉아 잠시 추억해도 좋으리

아무 말도 하지 않고 당신이 나에게도
담배를 권해 주면 좋겠다, 그럴 때
당신의 손과 내 손이 애틋하게 스치는 자리

아무도 지나가지 않은 하루의 자전自轉만큼

침묵의 근육은 조금 더 단단해져

내일은 이 골목에 능소화, 석류꽃 피기 좋겠다

망종芒種 무렵

나 언젠가 뿌리째 뽑혀
익숙한 모든 것들과 헤어지는 날

슬퍼하지 않으리
당황하지 않으리

이 세상은 당신이 만든
구름의 못자리

하늘 얼굴 잔물결로 비치는
그 기슭 다랑논을 나 그리워하네

거기에 사름하고
나 비로소 한가롭게 떠다니리

하지夏至

논에 옮겨 심은 모들이 자란다

줄을 맞추어 땅을 움켜쥔 잔뿌리들의

저 촘촘한 노동

이 별의 자전自轉과 공전公轉을 가능하게 하는 영구동력
은 무엇일까

언제나 궁금하였다

광활한 어둠 속에 산산이 부서지지 않고 버티는

푸른 원주圓周의 안간힘

붉은 달

아이들 찾아오지 않은 지 오래된
놀이터 귀퉁이에서, 담배 한 대
피우며 하루를 돌아본다

재판 방청 한 건
병문안 세 군데

그렇게 하루가 갔다

길모퉁이마다 흉흉한 징후가
속도를 줄이지 않는 나라

입술도 무릎도 발바닥도
메말라 버석거린다

주먹을 움켜쥐고 노려보기 전에

낡은 물통처럼 조용히 삐걱이며

그대를 위해 출렁일 수 있을까

칠이 벗겨진 미끄럼틀 계단에 앉아
붉은 달의 안쓰러운 테두리를
더듬어 본다

대한문

저 나무에 목 매다시오
저 나무에 목 매다시오

밤새 분향소를 포위한
군복 입은 군중들은
군가를 틀어 놓고 외쳤다

나무는 마치 빌라도의 손바닥처럼
제 잎을 털어 물방울을 흩뿌렸다

어둠의 완강한 뿌리 위에

태풍을 견뎌낸
창끝 같은 숲의 실루엣은
그렇게 또 음험하게 진군한다

저 나무에 목 매다시오
저 나무에 목 매다시오

>

검은 숲의 섭리
교수대의 생장을 누가 감히
거스르랴는 듯이

부드러운 가시

붉은 열매 몇 알 맺지도 못하면서

한 켠에 서 있는 대추나무

마당 여기저기 자꾸 새순을 내민다

오늘은 또 두어 걸음

장독대 콘크리트 깨진 틈으로도

아뿔싸, 저러다 낡은 방바닥까지 뚫고 나오지 않을까

슬금슬금 번지는 뿌리의 기세를 꺾어 보겠다고

오래된 책을 덮고

새순 나온 자리를 살살 파 보았더니

없다!

있어야 할 자리에 대추나무 뿌리는 없고

초록 고양이, 어린 발톱으로 손등을 할퀴고

부리나케 눈부신 그늘 속으로 달아난다

서재에 앉아 대추나무 가시만 흘겨보던 내가

머쓱하였다

소서 小暑

단오에 그대에게 부채 하나 부치지 못해
일어나는 뭉게구름

그 위에 무어라 적어야 할지 몰라
오늘도 갈아 둔 먹만 다시 마르다

어디에도 없는 매미가 울기 시작하고
마른 개울 위로 떠도는 노래가 하냥 인색한

내 서툰 생의 부끄러운 증거인 듯
묻어 놓은 바람의 갈비뼈인 듯

하릴없이 부챗살만 쓰다듬고 있네

설거지

1.

낡은 집 마당
감나무 새잎이
방금 또 하나 살그머니
손을 폈다

안방에서 혼자 테레비를 보던
등 굽은 어머니가
웃음을 터뜨릴 때였다

시원찮은 잇몸처럼 덜컹대는 살림에도
피는 흐른다, 아직 이 빠지지 않은
밥그릇들이 달그락거리며
애써 눈가를 훔치며

광대뼈에 다시
힘을 주고 웃어 보는 저녁이다

>

저 나무는 벌써 몇 해째
열매 한 번 맺지 못했다

2.

그릇과 도구들이 물기를 머금은
말간 얼굴로 제자리에 돌아가고
수돗물 소리가 멈추고 조용해지면

비로소 다시 보이는
가난의 가장자리들

비가 샌 천장의 얼룩
때 묻은 벽지
조금씩 들고 일어나는 바닥장판
아내의 손길과 시간의 자부심이 비치는

낡은 싱크대와 찬장의 윤곽이
한숨과 다툼과 깨진 접시의
날카로운 모서리를 기억하는 손가락과
영장令狀과 청구서의 역사가 정연하고 의젓하게
제자리를 잡는 이 애틋한 순간

비 그치고
둥지와 깃털 젖은 새들이
물방울 떨어지는 소리로 다시 노래하는 숲

감꽃

초복 무렵 순한 파충류의 꼬리 같은 길이 이윽고 단단해지면 그 길 모퉁이마다 초록의 피는 아픔을 상기하듯 노란 등불을 켠다

또 하나의 푸른 별을 띄워 올릴 적마다 상처에 앉았던 딱지는 할 일을 다 했다는 듯 툭, 캄캄한 우주로 떨어질 때 그 소리 너무 커 들리지 않는

늙은 어머니의 병실, 수건을 적셔 닦는 등 굽은 저녁 위에 떠오르는 옛 마을 청도 이서라는 고을에는 가을빛이 미리 와 붉다

자유

계곡에 파인 홈을 따라, 높은 데서 낮은 데로 물이 흐르
듯이

허공에도 보이지 않지만 실핏줄 같은 길이 있단다

부드러운 나뭇가지들이 벋어 가는 저 길을 보렴

초록의 이야기가 재잘재잘 구불구불 삐뚤삐뚤 흘러가
는 저 길

아마도 저 길은 햇빛과 바람과 새소리와 벌레들의 날갯
짓이 날마다 조금씩 일구어 놓은 것

결코 나무의 자유의지는 아니지만, 그러나 그 실핏줄에
몸을 맡길 자유는 우리에게도 있지

잔치국수의 보수성

스테인리스 그릇 넘치게 하얀 면발이 담겨 나오는
잔치 같지 않은 날에도, 시장 어귀 2,900원짜리 국숫집
왜 가난한 사람들은 이 따위 가게 문을 열고 들어오는
데도
주뼛거리나, 몇 개 되지도 않는 식탁, 어디에 앉을지를
저렇게 한참 망설이나, 한 번도 초대받아 보지 못한
얽힌 삶의 사리 한 모퉁이를 지상의 가장 안전한 자리에
겨우 부려놓고, 구겨진 천 원짜리 같은 손수건으로 땀을
훔치며
잔치국수 한 그릇씩 받아, 토하듯 우겨넣는다

고함 한번 제대로 질러 보지 못한 사람들은
설움조차 내뱉기보다 차라리 후루룩거리며 빨아들이고
씹기도 전에 목이 미어져라 삼켜 버리곤
뚝, 시치미를 떼는 것이다

그것이 우리의 오랜 잔치
저 남루한 이웃들은 그리하여

죽어라 여당만 찍어온 유권자들

이런 데서는 너무 크게 말하는 게 아니라고
어린 딸아이에게 짐짓 근엄하게 타이르곤
새로 산 머리핀을 가만히 만져 주며
뻐드렁니 드러내놓고 웃는 저 나이든 가장의 식탁 위
에서
초복의 정오, 질긴 뙤약볕 한 뭉치가 잠시 풀리듯이

대서大暑

능선의 나무는 이 가뭄에
계곡의 나무, 강가의 나무보다
더 목마를까?

마음 거칠어진 나무들에게 쫓겨난
지렁이와 민달팽이들이
어두운 숲길에 뒤척이고

이따금 우듬지 부러지는 소리

바람 한 점 없는 숲에 몸을 던진
깨진 달빛 조각들마다
갈증은 날카롭게 번식한다

어느 날 저 번쩍이는 갈증의 씨앗이
산불로 번진대도 이상할 것이 없다

생각해 보면

목마른 자에게는
서 있는 자리가 다 바닥이고 사막이다

배롱나무에 부치다

입 다문 처사處士 그림자 없는 마당이라

붉은 꽃 터지는 소리마저 기특한 계절

영덕 달산, 가로수로 서 있는 배롱나무들도

대서大暑 지나 오늘은 막걸리 한 잔씩 들고

상주 함창 공갈못에 연밥 따는 저 처자야

불그레한 노래 자락 물고 있겠다

낼모레 영해 장날, 파도 같은 흰 차양 펄럭이는 주막

다시 만날 동무처럼

지난 춘사월, 영천 은해사 푸른 숲에

방 한 칸 얻은

저녁놀처럼

로드킬

어스름 길모퉁이에서 치여

내장이 파열된 채

기어가던 목숨을 헐떡이고 있었다

풀벌레 울음소리에

종아리 베인 달빛이 걸음을 멈추고

꺼져 가는 강물의 눈동자를

들여다보고 있었다

비늘 짓이겨진 뱃노래

길고양이 까만 털처럼

얼굴에 와 붙는 어둠 속으로 사라지고

꿈틀거리다가 뒤척거리다가

마침내 비린내 자욱하였다

입추立秋

뙤약볕이 새긴 암각화巖刻畵 위로
얼핏 구름의 그림자

오래 피 마르지 않은 상처
그대 검게 탄 등에 난 채찍 자국 위에
서럽게 서럽게 입을 맞추나니

가파른 비계飛階 위로 등짐을 나르는
끝없는 하루여, 노예들의 무거운 노래여

고개 숙인 우리에게는 우리가 짓고 있는
신전神殿의 밑변이 끝내 보이지 않고

꼭대기 어느 한 점, 비 소식조차 걸리지 않는
희고 목마른 굴뚝

앙상한 발목과 발목과 발목을 이은 사슬이
땀방울과 땀방울로 이어져 마침내

그대로 도화선導火線이 되어도 좋을

수치羞恥의 깊은 계곡, 제국帝國의 철교鐵橋로 향하는
길고 긴 오체투지五體投地의 행렬

깃발

잠자리떼 부지런히 하늘을 젓네

감나무 잎사귀 뒤척이네, 저 봐

또 뒤척이네

나는 무얼 할까, 무엇으로 바람을 보탤까

너무 일러도 안 되지만

마냥 기다리지는 말라고

잠자리떼 부지런히 하늘을 젓네

처서處暑 앞둔 감나무 우듬지가 흔들리네

석류 1

절정을 지나서도 안간힘,

사랑은 부끄럼을 모르고 애가 탄다.

희고 매끄러운 당신의 몸에

끝도 없이 입을 맞추는

내 혀가 지쳐 이제 한 계절 저물어 가나니

사랑이여, 그대도 나도 애썼다.

석류 2

선을 넘지 않으면 사랑이 아니라는 듯이

애가 탈수록 더 붉어지는, 부풀어오르는, 단단해지는

머지않아 모든 핏줄의 폭발, 탄성처럼

그대 입술은 열리리, 하얀 이 눈부시리

제3부

수제비

포도나무, 푸른 수세미 덩굴 끝에
그 여자의 집

하루 종일 대문 앞을 서성이던 빗줄기
몇 번이나 돌아보다 멀어지는 골목

마당에 자란 부추를 베어
오늘은 수제비를 끓일 거라고

안부를 묻는 말에 맥락도 없이

백일홍 젖은 귀밑머리, 물방울 떨어지는
그 여자의 저녁

낮잠

먼 데 꿩이 비를 피하는 소리에 깨었다.

다듬어진 고구마 줄기가 수북하였다.

저렇게 허리 굽은 어머니가 살아 계셔서 다행이었다.

백로白露 무렵

오늘 하루를
어떻게 또 살았느냐고

아름다운 음악과 아름다운
여인들이 별처럼 많아

별처럼 많은 순간들을 사랑하느라
바빴다오

아침이면
당신이 누웠다 떠난 자리마다
몸의 굴곡 흔적을 따라
이슬 맺혀 있으리

임대료를 내지 못한 우리 생生의 현絃 위로
새로운 계절이 활처럼 흐느끼어

눈물이 눈물을 자꾸만

풀벌레 소리로 불러 모으는

강물 소리 출렁이는

드보르자크
첼로협주곡 b단조

숨비기꽃

떠밀려온 난민
시리아의 아이

서귀포시 성산읍 고성리
224-1번지 일대
터진목 모래톱

서북청년단으로 구성된
특별중대, 죽음의 밤은 지났는데

아직도 얼굴을 묻고, 코를 박고
보랏빛 울음을 간신히 참고 있다
흩뿌리는 빗방울에 떨고 있다

모든 꽃은 미래의 기억

혈관이 터져 속부터 검붉게 변하는
열매처럼, 통곡은 씨앗에 깃들어 있다

\>

태풍의 눈 속으로
황급히 몸을 숨겼던 뭍의 난민들은
아직도 이 바닷가에 도착하지 못했고

포말은 자꾸만 부서져
아이의 멍자국 지워지지 않는다

추분 秋分

충청북도 괴산군 칠성면······

농사지은 버섯 맛보라고 보내준 친구, 택배 보내는 분 칸에 적힌 주소를 찬찬히 읽어 본다

살아온 이력의 어느 강 모퉁이 억새꽃 반짝이는 길을 터벅터벅 짚어 가듯이

상자에 같이 담겨 온 고구마처럼 지난 계절 흙 묻은 이야기 들으러 막걸리병 들고 가듯이

저녁놀 지는 마을, 내 친구의 집은 어디인가

붉은 시월

꽃잎 다 떨구고 가자는 듯이
바람이 분다, 구월 마지막 밤

이승의 허공에 매달린 둥지들이 위태롭다

암구호처럼 길 따라 떨어진
백일홍 자국 사라지는 계절의 모퉁이에는

입산入山을 안내할 선요원 한 분
떡갈나무처럼 휘파람 불며 서 있을까

돌아오지 못한 이들 많은 아득한 골짜기로부터
붉은 시월이 걸어 내려온다

경쾌한 산책

찹찹찹찹 가볍게
어린 고양이가 물을 먹는다

나뭇가지마다 목마른 혀들이
상투적인 빛 속에서 어둠을 핥아댄다

고양이 수염 끝에 맺힌 물방울이
마르기도 전에 저녁이 온다

하루종일 뒤척이며 망설이던 약속

저만치 당신의 모습을 확인하고
나는 돌아서는 모퉁이

찹찹찹찹 분홍빛 장화를 신고
이제 아무 쪽으로나 실컷 걸어가 보자

웅덩이에 비치는 눈동자가 있으면

가만히 들여다보며 묻기도 하자

해장국

해장, 참 어리석고 예쁜 말

같이 있고 싶어 술을 마시자 하고
술을 마시면 몸이 힘들어지고
몸이 힘들어지면 마음 쓸쓸해지고
쓸쓸해지면 그리워져 다시
술을 마시자 하는
이 무슨 악순환이 있나 싶지만

단골 해장국집에 들어서며 생각한다

살며 사랑하는 모든 일이
이 고단한 되풀이 위에 있음을

그대 눈물처럼 빛나는 도돌이표로
나는 언제든 다시 돌아가리
서글퍼도 꿋꿋이

바라건대, 이 긴 노래의 마지막 부분을
조금은 더 뜨겁게 부르리
두려움도 부끄러움도 없이
오직 정성스럽게

뜨거움이 목구멍을 넘어
우리가 묻힐 심연을 가만히 여는 붉은 가을

새로 만든 둥근 무덤의 아랫배를
짧은 햇볕이 너그럽게 어루만지듯

그대와 내가 할 수 있는 일은
이 무용無用한 사랑의 순환 속에
남은 몸을 마저 풀어놓는 일

오직 거기에
집중하는 일

상강霜降

오늘밤은 풀벌레 소리 들리지 않는다

좁은 날개를 움츠린 벌레들은
지금 무엇을 듣는가

초승달의 이면
담쟁이 잎의 이면
그림자의 이면
국화꽃의 이면
도시의 이면
다수결의 이면
성명서의 이면
공론의 이면
오선지의 이면
낡은 비닐 장판의 이면
마른 날개의 이면
구름의 이면
이론의 이면

\>

침묵은 침묵의 이면을 끝없이 들춘다
소음이 소음의 이면을 드러내듯이

아직 내리지 않은 서리가 내리면
나의 뜰에 남은 옛 노래는 시들어가리

시린 사랑이 문을 두드리리

툭

세 벌쯤 털어낸 깻단처럼
까맣게 말라 가기를

한로寒露를 기다리는 밭둑에
껍질로나 남아서

그나마 빈 가슴들끼리 의지해
한동안 쓰러지지나 않았으면

그렇다고 억지로 용쓰지는 말았으면

시나브로 찬 이슬에 젖다가
가을볕 끝자락에 투명하게 마르다가

어느 날,
싱겁도록 한가하게

마지막 물기마저 바치고서

국화차

찻물 속에서야 다시

만개滿開하는 향기처럼

오랫동안

말 안 한 사랑

씨앗 속의 마른 우주

단풍

꽃 한 송이 핀 세계는
그 꽃 피기 전 세계와 다르고

나뭇잎 하나 떨어진 후 세계는
그 잎 지기 전 세계와 다르리

우리가 잡은 손 천천히 놓는 사이
몇 개의 우주가 접혔다 펼쳐지나

그대 고운 귓볼에 코를 대고 해가 지느라
내 눈시울 천천히 붉어지는 시월

쏙독새

들었던 잔을
식탁에 놓기 직전

조금 취한 당신이
오롯한 낱말 하나 떠올리느라
이야기를 잠시 멈출 때

이마에 고운 주름이 얼핏 떠올랐다
사라지는 아득한 파문波文

캄캄한 우주를 더듬던 그대 입술이
영롱한 별 하나 물고 돌아오는 환한 순간

그것은 우리들 사이에 사뿐히 내려앉으리

이제는 함께 밤을 지새워도 떳떳하리

제4부

입동立冬

겨울로 가는 나루터

보이지 않으나

저 강의 여린 혈관을 타고 조금씩 다가오는

그 결정結晶의 시간을 위하여

아직 오지 않은 순은純銀의 돛단배를 위하여

그대와 부딪치는 탁배기 잔 위로

넉넉한 가마솥, 피어오른 안개 자욱하니

오늘은 이 방에 불을 넣고

하루쯤 이별을 미루어도 좋겠소.

러브로드

저무는 가을 햇볕이 아쉬워 숲길을 걸었네

아름다운 떡갈나무 숲 사이로 난 길은 깊고 고요하여라

옷깃을 세우고 앞서 가는 뒷모습, 그대 손 잡고 싶었으나

어깨 위에 이따금 앉는 웃음, 파르스름한 잎맥이 행여
바스러질까

늦가을 다람쥐처럼 애타는 마음, 사진 한 장 찍지 못하
였네

소설小雪 무렵

법정法庭에 들어서며
여덟 시에 떠난 기차를 생각하오

내 두 손은 여기에 묶여 낮달처럼 차갑고
손 흔들 이 없는 그대의 차창車窓 밖으로
지금쯤 첫눈이 내리는지

얼음의 전선戰線으로 향하는 모든 역驛들마다
자기 연민을 물리치려는 듯
잎사귀 떨궈낸 나무들, 앙다물고 섰으리

우리의 오랜 노래 낙엽으로 쌓여
하늘은 어두워져 오리, 그리하여
어느 한 곳 전선 아닌 데 있겠소

관성과 침묵만 한 포성砲聲이 없나니
감나무잎 한 장 삐라처럼 무겁게 떨어지는 소리

보이지 않는 끈질긴 공세攻勢처럼
11월의 하늘은 다시 무거워지고

공허한 석조건물의 냉기冷氣를 들이쉬며
나는 여덟 시에 떠난 기차를 생각하오

그대 앉은 차창을 향해
뜨거운 입김을 보내오

온 가슴의 힘을 모아, 외치듯이
속삭이듯이

그 방에서

차벽은 광장에만 있는 게 아니다

읽지 않고 꽂아 둔 책들이
너무 많은 내 방의 책꽂이는
얼마나 뻔뻔스러운가

줄 세워진 소유의 욕망
정돈된 비평의 질서

하나도 위험할 것 없는 낡은 혁명과
식어빠진 노래들의 무덤이
혈육 없는 헌법 조문처럼 서글프다

이끼 한 뼘 끼지 않고
색조차 바래지 않는
수치를 모르는 저 묘석들 위로

늦가을의 햇볕이여,

내 생의 나태를 용서치 말라

불태워 버려야 할 것은
저 차벽 너머에만 있는 게 아니다

사막으로부터

모래 알갱이들이 바람에 떠밀려 그려진
무의미한 물결 무늬라고들 하였다

한때, 서걱대는 입자들의 단순한
위치이동일 뿐이라고들 하였다

가끔씩 석양에 빛나는
수면水面의 풍경을 연출하기도 했지만

희망은 단지 착시 현상일 뿐이라는 분석이
오랫동안 지배하였다

그러나 감각이여,
너는 얼마나 보잘것없는 것이냐

저기, 모래 알갱이 하나하나 속에 잠들었던
강물의 유전자가 눈 뜨는 시간을
읽지 못한 믿음이여,

너는 얼마나 조급한 것이냐

아, 비로소 함성,
사막의 지층 속에 굳어 있던 파도 소리가
봉인이 풀리듯 깨어나는 광장으로 오라.

바람이 불자 더욱 일렁이는 불꽃을 보라.

빛의 용암처럼 흐르는 거리,
언덕을 넘어가는 저 언덕에 몸을 실어라.

출렁이며, 출렁이며
제 속에 숨은 오랜 강물을 향하여
억겁의 갈증을 인내하며
스스로 몸을 뒤집는 사막으로부터

겨울 판화

한 영혼에 한 분씩 수호성인이 있듯
꽃 하나에 한마디씩 꽃말이 피듯

한 인생에 한 집씩
단골 해장국집은 갖게 하소서

우리 가는 먼 길, 눈발 날리는 역전驛前마다
푸근하게 김이 피어오르는 국밥집 하나

내리는 사람은 없어도
너무 일찍 불 꺼지지 않게 하소서

우리의 비무장지대는

어둠에 묻혀 보이지 않지만
저기 어디쯤에는
총상銃傷 입은 산등성이가
떨고 있으리

목숨을 건 탈출을 해야 했던
한 청년의 사정事情과
그의 등을 향해 방아쇠를 당겨야 했던
다른 청년들의 불면不眠이

손 댈 수 없는 차가운 철책, 오래된
밤을 지키고 있을 양안兩岸의 병사들은
꿈조차 무장武裝하고 있으리

여기는 어디나
총성銃聲보다 사나운 바람을 일으키는 전선戰線
수많은 경계의 가파른 낭떠러지와 낭떠러지

누구라도 목숨을 건 탈출을 가늠하거나
누군가에게 방아쇠를 당겨야 할지도 모르는

골짜기와 높은 굴뚝과 미사일과
핵잠수함과 살인로봇과 드론과 인공지능이

다시 올 지진의 진앙震央처럼 또아리 튼
국경 없는 어둠, 실업과 원한과
냉소로 무장한 세계

그렇다면 우리의 비무장지대는
대체 어디에 있느냐고

하염없는 풍등風燈처럼, 캄캄한 하늘로
무력하고 아득한 기도만 띄우는
내상內傷 입은 난민難民들의 캠프 위로

소리 없이 부드러운 우리의 잠은

언제 내려오느냐고

점멸^{點滅}

너무 자주 해가 뜨고
너무 자주 해가 지는
그 별의 가로등처럼

안녕, 안녕, 안녕?

그것은 원래 길을 밝히던 사막의 별, 혹은
들판 여기저기 핀 옛 모닥불의
홀로그램

발밑을 흔들며 은하철도의 지하철이
들어오는 소리, 떠나는 소리
어쨌든 지금은 컨베이어벨트처럼 바쁘게

안녕, 안녕, 안녕?

컵라면과 삼각김밥이 든 가방을 메고
스크린도어가 열리고 닫히는 사이

캄캄한 우주에 매달려
잠자리 날개 같은 집광판을 수리하는

비정규직, 현장실습 점등인點燈人들의 연쇄 점멸
모자를 벗고 쓸 새도 없이

안녕, 안녕, 안녕?

메리 크리스마스!

동지 冬至

까맣고 따뜻한 겨울 밤의 심장이
내 침대에 슬며시 파고들어 와서는
가르릉댄다.

제 심장을 찾느라
겨울밤은 입김을 후후 불며
낙엽들을 마구 헤집으며
창밖을 서성거린다.

겨울밤이여

동지 건너 긴 계절
흰 자작나무 숲을 지나가려면,
오늘은 네 까맣고 따뜻한 심장이
예서 하룻밤, 부드러운 수염을
이따금 파르르 떨어가며
쉬어 가도록
눈 감아 주렴.

대한大寒 무렵

얼음 속에 붙들린 달빛이
텅 빈 골목의 목덜미를 스치는

길고양이 자리끼
꽁꽁 얼어붙은 머리맡

혀와 입술이
미끄러운 희망을 핥지 않도록 주의할 것

타 버린 후일담의 뼛가루를
다만 광장으로 가는 흰 응달에 뿌려 둘 것

세밑

가는 해가 오는 해의 손바닥을 가만히 마주 대듯이, 산등성이는 제 얼굴을 수굿이 못 물에 비춰 보는 저물녘

사랑의 초를 마저 다 태워 버리지 못한 두려움을 안쓰러워하며, 나약함을 토닥이며

우리는 마주 보고 노래 부르네

안녕, 텅 빈 가지에
안녕, 별빛 글썽이며 돋아나는

그런 시

삶도 죽음도

얇은 입술에 담기에 얼마나 깊고

무거운 것이냐

그런 시를 쓸 수 있을까

장례식장에서 오랜만에 만난 벗들과

조용히 나누는 악수 같은

호들갑스럽지 않고 다만

굳은살 같은

계절의 형상과 현실에 대한 응시

김용찬 (순천대학교 국어교육과 교수)

1.

이 시집에 붙일 발문을 요청받고, 서가에 꽂혀 있던 변홍철 시인의 첫 시집을 다시 꺼내 들었다. 『어린왕자, 후쿠시마 이후』라는 제목에서부터, 시인이 가지고 있는 비판적인 현실 인식이 잘 드러나 있다.

그의 첫 시집은 아마도 오랜 시작詩作의 결과물을 정리하여 엮었을 것이다. 여기에 수록된 작품들에는 오랫동안 시인을 꿈꾸었던 그의 삶의 역정은 물론, 현실에 대한 고민이 짙게 묻어 있다. 때로는 작품의 내용들을 통해서, 마

치 퍼즐을 맞추듯 시인이 겪었던 과거의 흔적들을 조금씩
더듬어 볼 수 있다.

> 빈 커피잔을 놓고 시를 쓰곤 하던
> 커피숍 투데이 창가에 앉아
> 오늘은 손톱을 깎고 이력서를 쓴다, 창 밖에는
> 어제보다 하루 더 늙은 노파가
> 떨어뜨린 동전 몇 닢을 줍고 있다
>
> —「이력서 위에 쓴 시」 부분

첫 시집에 수록되어 있는 이 시에 형상화된 화자는, 아
마도 지금보다 훨씬 더 젊은 시절의 시인의 모습이었을
것이다. 시를 쓰며 자유롭게 살고 싶지만, 또한 생계를 위
해 이력서를 써야만 하는 그의 고뇌가 고스란히 전달된다.

그러나 시인의 시선은, 어제도 보았던 창밖의 "늙은 노
파가/떨어뜨린 동전 몇 닢을 줍고 있"는 모습을 향해 있
다. 되풀이되는 현실의 고통에 대한 응시. 시인은 이력서
를 쓰다 말고, 그 위에 시를 썼을 것이다. 스스로 "시인은
못 돼도, 고향의 말과 외로운 시인들을 흠모하며"(첫 시집
「시인의 말」) 살고 싶다는 다짐이 떠오른다.

물론 현실과 이상의 괴리 때문에 꿈을 포기하거나 미뤄
야 했던 기억은 비단 그에게만 해당하는 것이 아니다. 어

쨌든 그의 시집을 읽는 내내, 그가 살아왔던 삶의 이력들을 어느 정도 짐작해 볼 수 있었다.

첫 시집에 실린 시들에서는 유난히도 우울한 분위기가 짙게 감지된다. 또 계절을 제목으로 내세운 작품들이 적지 않게 눈에 띈다. 작품 속에 형상화된 계절은 통상적인 이미지와는 조금씩 어긋나 있는데, 그것은 시인의 삶 속에서 반추되는 강렬한 형상들이라고 이해할 수 있다. 아무튼 첫 시집에는 봄과 겨울의 모습이 도드라지게 형상화되어 있지만, 대체로 계절의 이미지는 그저 작품의 배경으로만 설정되어 있다. 그래서 이번 시집에 '사계'라는 제목을 붙인 시인의 의도를 떠올려 보았고, 그가 그려낸 계절의 이미지는 어떻게 바뀌어 있을지 궁금해졌다.

2.

두 번째 시집의 목차는, '사계'라는 제목에 맞춘 듯 모두 4부로 이루어져 있다. 별도의 소제목을 붙이지 않았지만, 그것이 봄에서부터 겨울에 이르기까지 '사계四季'를 염두에 둔 구성이라는 것은 쉽게 알아챌 수 있다. 1부에는 늦겨울 혹은 초봄에서부터 여름 초입까지의 시간을 배경으로 한 작품들이 배치되어 있으며, 2부의 작품들은 대부분

여름을 담아내고 있다. 그리고 가을을 배경으로 하고 있는 3부의 작품들에서 '가을'의 이미지는 단지 조락凋落에만 그치지 않고, 관조하며 때로는 새로운 변화를 통해 희망을 떠올리는 모습도 연출되고 있다. 겨울을 배경으로 한 4부의 작품들도 차갑고 쓸쓸한 이미지가 짙게 물들어 있지만, 그래도 한 줄기 희망에 대한 끈을 단단히 붙들고 있다.

'사계'라는 시집의 제목은 이미 세상이나 계절의 흐름조차 여유롭게 관조할 수 있는 시인의 인식을 반영하고 있는 것일지 모르겠다. 즉, 각 계절이 지니는 특징을 자신의 관점에서 포착하여, 모든 작품에 배치할 수 있다는 자신감이 어느 정도 내재해 있다고 하겠다. 새 시집에 수록된 작품들을 읽으면서 전작 시집보다 깊어진 시인의 감성을 확인할 수 있다.

아울러 계절들이 환기하는 일반적인 이미지를 탈피하여, 작품에 반영된 계절의 형상은 시인이 응시한 현실과 긴밀하게 결합되어 있다. 적어도 그에게 계절은 단순히 반복되는 것이 아니라, 어떤 특정한 시간 속에 놓인 삶의 의미를 찾는 것이라 할 수 있다. 단순히 시간의 흐름을 따르는 것이 아니라, 자신이 경험한 계절의 의미를 자신의 방식대로 그려 내고야 말겠다는 시적 의지를 표출한 것이다.

햇볕의 한 뼘 조차지대租借地帶

낡은 마룻바닥

잿빛 천장 귀퉁이에서
거미줄을 걷어내고
말갛게 유리창도 닦아 보자

봄은
기다리는 것도, 맞는 것도 아니고
세우는 것

내 마음 귀퉁이에
오래 그늘진 석조건물
기침소리만 메아리치는 망명정부

누구도 여기에 절하지 않으리
나 또한 그대에게 그러하리니

뿌리가 희미해진 연초록 깃발

그리워도 말고, 바라지도 말고
다만 홀로 서는 봄

—「입춘」전문

이 작품에서 봄은 "잿빛 천장 귀퉁이에서 / 거미줄을 걷어내고 / 말갛게 유리창도 닦아"야 하는 계절로 그려진다. 하지만 화자에게 "봄은 / 기다리는 것도, 맞는 것도 아니고 / 세우는 것"이란 의미로 변주된다. 물론 그것은 그저 시의 제목이기도 한 '입춘立春'의 한자어를 풀어서 제시해 놓은 것이다. 사람들에게 봄은 기다리는 희망의 대상으로 인식되는 것이 일반적이지만, 화자는 "누구도 여기에 절하지 않으리"라고 말한다. 어차피 순환하여 되돌아오는 계절이 봄이라면, "그리워도 말고, 바라지도 말고 / 다만 홀로 서는" 모습으로 나타날 것이기 때문이다. 그의 또 다른 작품에서는 계절에 걸맞지 않게 "춘분에 내리는 눈"이 "뒤늦게 도착한 부고"(「봄눈 1」)로 형상화되고 있다. 아마도 내리자마자 금방 녹아버리는 '봄눈'을 바라보는 시인의 인식이 반영된 것이라 여겨진다.

시인에게 여름은 "시청 앞 분수는 솟구"치고, "신문을 팔던 새까만 목마름이 / 분수대에 급히 뛰어"(「유월」)들던 '유월'로부터 시작된다. 어느 순간 문득 "오래 전 유월, 함성과 투석전과 피 흘리던 청춘과 광장을" 떠올리고, 자신이 겪었던 어느 여름의 기억을 "잠시 추억"(「골목에서」)하며 "또 한 번의 패배여도 좋다"(「입하」)고 말한다.

가을에는 어느 사이 "꽃잎 다 떨구"던 "구월 마지막 밤"에 빨치산이라 짐작되는 "입산을 안내할 선요원"을 따라

갔던, "돌아오지 못한 이들 많은 아득한 골짜기"(「붉은 시월」)로 환기되는 역사를 불현듯 소환한다. 아울러 가을철 "나뭇잎 하나 떨어진 후 세계는/그 잎 지기 전 세계와 다르"(「단풍」)다고 힘주어 말하기도 한다. 또한 시인은 앙상한 가지만이 남은 겨울 나무가 바람에 흔들리는 모습에서 "새봄, 부활의 노래를 깃대에 다시 매달려는"(「겨울 나무」) 움직임을 읽어 내는 감성을 지니고 있다.

　이처럼 그의 작품들에 나타난 계절적 배경은 단일하지 않고, 또 다른 시간과 사건을 품고 있는 경우가 적지 않다. 시집의 첫 작품 「영주행」의 시간적 배경은 "벼 밑동만 남은 논바닥"이 드러난 '겨울'이지만, 화자는 "지난 망종 모내기 노래"와 함께 "오백만 원 빚을 끝내 갚지 않고" 떠난 "죽은 벗"의 넋을 떠올려 보기도 한다. "젊은 농군의 죽음을 문상"(「혀끝에 서걱대다」)하며 농민들 앞에 놓인 암울한 현실을 떠올리기도 하고, 시장의 허름한 가게에서 잔치국수를 먹는 평범한 이웃들의, 특정 정당만 찍는 '보수성'(「잔치국수의 보수성」)에 대해 토로하기도 한다. 또한 길거리에 방치된 「로드킬」의 흔적에, 지난 정권에서 맑은 강을 헤집어 놓아 끝내 황폐해져 버린 '4대강'의 모습이 겹쳐지기도 한다. 아마도 시인이 맞닥뜨린 현실은 아직 '희망'을 노래하기에 녹록치 않기 때문일 것이다.

3.

그럼에도 시인의 시선에 포착된 주변 환경은 따뜻하고 넉넉하게 형상화되어 있다. 아울러 그의 작품들에는 힘겨운 현실을 살아가고 있는 주변 사람들에 대한 신뢰가 짙게 묻어 있다. 때로는 안타까운 역사를 소환하여 제시하고, 현실에 대한 비판적인 시선을 거두지 않는 화자의 모습도 발견할 수 있다.

어머니와 아내, 가족과 살림살이도 여러 작품들에서 살갑고 애틋한 형상으로 그려지고 있다. 그러나 그런 소소한 일상과 피붙이들 이야기에서도 가난과 삶에 대한 웅숭깊은 통찰이 빛난다. 설거지를 하면서 낡은 싱크대와 궁색한 부엌을 곰곰이 살피며 쓴 작품 「설거지」에서 시인은 손때 묻은 것들 속에 깃든 시간의 힘과 자부심, 그리고 과거 자신의 경력(?)에서 빚어진 "영장과 청구서의 역사"를 떠올리기도 한다.

첫 시집의 표제작에 등장했던 '어린왕자'를 전제로 하여 읽어야 할 작품 「점멸」의 시적 상황, 즉 "너무 자주 해가 뜨고/너무 자주 해가 지는/그 별의 가로등처럼"(「점멸」) 우리가 살고 있는 현실이 녹록치 않더라도, 결코 흔들리지 않고 "나 이제 비타협적으로 사랑하"(「이불 빨래를 널며」)겠다는 삶의 자세를 시인은 드러내기도 한다.

저녁놀 물든 겨울 갈대밭
먼 목마름에 젖어 있었다오

와온臥溫의 갯벌이 어둠에 묻혀 가듯
청둥오리 흑두루미떼 울음
끝내 밀물에 잠기고

이리저리 헤매어도
나는 휘파람 한 소절 불지 못했다오

차오르는 무언가를 물고 있던
빈 조개껍데기, 눈시울 붉은 동백꽃잎

무엇을 보았느냐고
행여 그대가 묻는다면

새들의 발자국 같은 긴 문장이
허공 가득히 뒤척이더라고

저물어도 온통 울먹인다고

—「순천만」 전문

이 시는 순천만의 '겨울'을 형상화하고 있다. 얼마 전 시인이 순천을 방문했을 때, 순천만을 찾았던 기억을 떠올리며 시를 써서 나에게 보내주었던 작품이다. 이미 전국적인 관광지로 유명해져 수많은 사람들이 찾는 '순천만'은 용산 전망대에 올라 저녁의 낙조落照를 보는 것이 제격이다. 철새들이 찾는 겨울철의 저녁 무렵, 갈대와 수초로 뒤덮인 순천만의 습지와 멀리 붉게 물든 구름에 휩싸여 떨어지는 낙조가 어우러진 풍경은 그야말로 장관이라 할 수 있다.

전망대에 오른 화자는 "먼 목마름에 젖어" 어둠이 내리고 철새들의 울음소리가 그칠 때까지, 그 모습을 표현할 "휘파람 한 소절 불지 못했다"고 고백하고 있다. 그러면서 누군가 "무엇을 보았느냐고" 묻는다면, "새들의 발자국 같은 긴 문장이 / 허공 가득히 뒤척이더라고" 대답할 것이라고 한다. 노을이 지는 "겨울 갈대밭"을 보면서, 아마도 "저물어도 온통 울먹"였던 것은 화자의 차오르는 감정이었을 것이다.

독자로서 시를 읽으면서 작품 속의 화자가 되어 보기도 하고, 때로는 시인의 입장에서 그 상황을 재구성하여 머릿속에 떠올려 보기도 한다. 하지만 대부분의 경우 약간의 거리를 두고, 작품에 제시된 이미지나 행간의 의미를 내 나름대로 해석하는 것이 일반적이다. 시집의 마지막에 수록된 다음의 작품을 읽으며, 시인으로서의 자부심을 표출

하고 있다고 느낀다.

삶도 죽음도

얇은 입술에 담기에 얼마나 깊고

무거운 것이냐

그런 시를 쓸 수 있을까

장례식장에서 오랜만에 만난 벗들과

조용히 나누는 악수 같은

호들갑스럽지 않고 다만

굳은살 같은

— 「그런 시」 전문

이 작품은 시인으로서 이런 자세로 시를 쓰겠다는, 스스로에게 던지는 다짐이라고 볼 수 있다. 시를 쓰면서 때로는 "삶도 죽음도" 담아내야만 하는데, 그러한 주제는 시인으로서 너무도 "깊고/무거운 것"일 수밖에 없다. "그런 시를 쓸 수 있을까" 반문하고 있지만, 내가 보기에 이미 화자는 "그런 시"를 쓰고 있는 중이다. 엄숙함을 유지해야 하는 "장례식장에서 오랜만에 만난 벗들과/조용히 나누는 악수"는 "호들갑스럽지 않고 다만/굳은살 같은" 깊은 신뢰를 확인하고 나누는 것이다. "그런 시"는 바로 변홍철 시인이 추구하는 세계일 것이다. 자신이 굳건하게 딛고 있는 현실을 직시하면서, 자신이 시를 쓰는 목적을 아주 명료하게 제시하고 있다고 하겠다.

멀리서나마 그의 시를 응원하면서, 지속적인 성과가 제출될 수 있기를 기대한다.

시인의 말

사순시기
춘분 무렵
부끄러운 살과 망설임의 뼈를 태워

미세먼지 속에서도 분주한 벌들
매화 가지 아래, 향기로운 거름 더미
재 한 줌 그 위에 얹는 마음으로

이 별의 자전과 공전,
사랑의 영구혁명을 위하여

2019년 봄

변홍철 시집

사계

초판 1쇄 발행 2019년 3월 25일
초판 2쇄 발행 2021년 7월 19일

지은이 변홍철
펴낸이 오은지
책임편집 변홍철
펴낸곳 도서출판 한티재 등록 2010년 4월 12일 제2010-000010호
주소 42087 대구시 수성구 달구벌대로 492길 15
전화 053-743-8368 팩스 053-743-8367
전자우편 hantibooks@gmail.com 블로그 www.hantibooks.com

ⓒ 변홍철 2019
ISBN 978-89-97090-97-6 03810

이 도서의 국립중앙도서관 출판예정도서목록(CIP)은 서지정보유통지원시스템 홈페이
지(http://seoji.nl.go.kr)와 국가자료공동목록시스템(http://www.nl.go.kr/kolisnet)
에서 이용하실 수 있습니다. (CIP제어번호: CIP2019008505)